Bibliografische Information der Deutschen Nationalbibliothek: Die Deutsche Nationalbibliothek verzeichnet
diese Publikation in der Deutschen Nationalbibliografie;
detaillierte bibliografische Daten sind im Internet ueber dnb.dnb.de abrufbar.

Herstellung und Verlag: BoD – Books on Demand, Norders-
tedt

ISBN: 9783746016139

Daniela Sibylle Schaffer

-Medici-

Roman

Die Handtasche fest unter den Arm ge-
klemmt, ging sie den Fluss entlang, ru-
hig floss es.

Einen bestimmten Betrag hatte Charlotte
noch zur Verfuegung, schon lange war sie
beratend unterwegs. Ihr Steckenpferd war
die Wirtschaft, ein Programm entwickelt
das jedoch auf anhieb keiner verstand.
Bei jedem Geschaeft das sie bisher tae-
tigte setzte sie einen gewissen Betrag.
Sollte dieser ueberschritten sein, legte
sie es erst mal auf Eis. Nicht weiter
tragisch. Weil sie staendig neue Ideen
hatte, die Arbeit niemals ausging. Florenz die letzte Station.

Eine Uebernachtung, dann erst mal ruhen
lassen, ihr Plan. Vor dem Haus mit den
goldenen Schildern, blank geputzt. Niemand das Potenzial zu erkennen.

Zweifellos konnte es daran gelegen haben, dass sie immer nur Fragmente preis gab. Denn schuetzen konnte man geistiges Eigentum nur bedingt. Auch der letzte nicht verstanden.
Denn nach wenigen Minuten war auch dieses Gespraech beendet.
So tauchte sie ein in die Menge der Touristen. Obgleich sie aus allen Laendern nach Florenz stroemten. Ihre Kleidung unterschied sich nicht sehr vom Land.
Die kniehohe Mauer entlang die Silhouette vom Stadtzentrum bereits im Blick.
Sollte sie die uebrig gebliebene Zeit nutzen und auch mal ein Museum besuchen? Niemals konnte sie mitreden wenn sich Kollegen von Bruno ueber Kunstobjekteunterhielten. Das Wissen hatte sie einfach nicht. Aber wenn man es genau nahm wusste sie mehr von den Kuenstlern als von der Kunst an sich. Auf dem Platz auf dem die riesige weiße Maennerstatue steht, stehend, tummelten sich Menschen. Ab und an konnten Strukturen erkannt werden. Entweder an Fahnen oder Regenschirmen, daran, Mensch an Mensch in Reihe und Glied, vor den Kassenhaeuschen standen. Charlotte wild entschlossen Eintritt zu bezahlen, auch einer Fahne im Museum zu folgen, die ihr etwas beibrachte.

Die Stimme kraechzend, die Anmut des Gesichts Lichtjahre von dem der Statue hinter ihr entfernt.

"Bar oder mit Karte!"

In einem Ton der erschaudern liess.

"Ueberhaupt nicht!"

Selten bloedes Arschloch, dieser Typ. In Panini, Sandwich oder Torten war das Geld besser investiert. So sass Charlotte, die Menge beobachtend da. Auffallend die knappen Kleider, es hatte manchmal den Anschein als wuerden die Schneider einfach zu wenig Stoff verwenden. Doch die Mode ist wohl so, oder vielleicht liegt es am Stoffpreis. Neben ihr eine Klasse mit Lehrerin, sie brachte den Kindern das bei, was ihr fehlte.

Wann geboren! Wo die Werke erschaffen! Wo gestorben! Wann gestorben!

Niemals ein Wort was der Kuenstler mit seinen Werken der Welt mitteilen wollte.

Charlotte: "Zahlen!!"
Kellner: "Bar oder mit Karte!!"

Noch einige Schritte ging sie weiter bis zu einem Gebaeude eingendlich sah man nur den Eingang. Maechtig, rund gebaut, nach oben hin spitz, von aussen nach innen gebaut. Irgendwie golden war es. Unzaehlige kleine Figuren waren in den Stein, oder auch Holz geschnitzt.

Richtig konnte man nicht ran, zu viele Menschen standen vor ihm.

Trat einige Schritte zurueck, betrachtete es aus einer gewissen Entfernung, und erschrak.

Es sah aus als seih es ein Schlund, also wie eine Mundhoehle, der Gaumen und Rachen.

Schnell ging sie weiter an den kleinen Imbissbuden vorbei, ein Wohngebiet schloss sich ihnen an. Ein Blick zurueck, da sah sie, dass es die Kirche sein musste deren runden Kuppeln gruen waren, und auf Ansichtskarten oft das Motiv.

2.Kapitel

Einen Turban aus Handtuch einen Bademantel, so inspizierte sie das Apartement in Berlin. Eher war es ein Loft. Ein Balkon, Berlin zu ihren Fueßen. Das Loft hatte Bruno's Firma vermittelt. Etwas Probleme sich einzufinden, denn das Loft hatte eine Kueche, und kein Telefon an dessen Ende ein Kellner sass um die Roomservicebestellung aufzunehmen.

Lange war sie gereist.

Die Eindruecke von Florenz liessen sie

nicht mehr los, einerseits als auch andererseits. Vor der Abreise betrat sie das Haus, wo die Maennerskulptur davor steht, keine Ahnung was es fuer eines war. Doch es gab dort eine Ballustrade mit Wandzeichnungen, die sich aneinander reihten, aehnlich von Filmnegativen und diese erzaehlten eine Geschichte. Frostig war das Gebaeude, zu gerne haette sie gewusst wer frueher darin wohnte.

Das wohl schrulligste Kleid hatte sie an, als es hinabging, die Stufen zur U-Bahn. Dass es schrullig genug war, merkte sie schnell. Berlin hatte sich veraendert, gar nicht bemerkt was die ganzen Jahre geschah. Viele Blicke ruhten auf ihr.
Station Friedrichstrasse war stop. Ein Gewussel an der Station die einmal Niemandsland war. In Journalen gabe es Beilagen mit Empfehlungen, hier sollte die Avantgard der Republik sein, genau dort wollte sie hin. Im Flugzeug lagen die Journale in der Bordzeitung.

Einige Klamottenlaeden durchstoebert, die Schaufenster betrachtet, hob sie den Arm, das Taxi hielt.

"Zum Patentamt bitte."

"Vordereingang oder Hintereingang."

"Na was ist denn wohl der Haupteingang."

"Na Vorne."
"Na also."

Welch eine selten bloede Frage, wer geht denn schon zum Hintereingang in ein Gebaeude.

"Ich frage nur weil,......."

"Ja Ja, interessiert mich nicht."

Grosses Gebaeude, kalt, wenig Menschen, ein Empfang.
Ein junger Mann mit blondem lockigem Haar, etwas laenger, wie Korkenzieher hingen sie herunter.

"Wo kann man hier ein Geschmacksmuster anmelden?"

"Kommt drauf an."

Charlotte hob die Hand.

"Stop, bevor Sie weiter reden, sagen Sie mir einfach nur die Abteilung, mehr nicht."

"Stockwerk 3 Zimmer 153."

"Danke."

Nach 20 Minuten stand sie wieder am Empfang.

"Wo ist die Kasse, bitte?"

"Sie gehen den Gang entlang rechts, dann an der Fensterfront vorbei, folgen Sie den gruenen Punkten, dann ist sie dort."

"Danke."

Als sie die Halle betrat stand der junge Mann an der Tuere in die sie zuvor ge-gangen war.

"Entschuldigen Sie bitte, aber wie schafft man es ein Geschmacksmuster in-nerhalb zwanzig Minuten anzumelden? Man muss doch Formulare ausfuellen, und dann dauert das bis man schriftlich benachrichtigt wird."

"Was!"

"Aber natuerlich."

"Was fuer ein Quatsch."

Wusste sie es doch, dass hier was falsch laeuft.

"Also das geht so. Man oeffnet die Tue-re, informiert den Beamten davon dass er im Dienste der Bevoelkerung, also in dem

Fall von mir steht. Dann gibt man dem netten Herrn einen Umschlag der versiegelt ist. Bekommt eine Nummer, dann geht es zum bezahlen."

"Was!!"

"Aber natuerlich so war es, Sie glauben doch nicht wirklich dass ich mich auf solch einen Formularquatsch einlasse. Sie sollten sich vielleicht auch mal mit solch einer Methode befassen!"

"Wie kommen Sie denn darauf?"

"Ich glaube nicht, dass Sie hier als angestellter Pfoertner arbeiten, oder beschaeftigt sich ein Pfoertner mit Wurzelrechnung und Konstruktion!"

"Nein, ich bin Student der Ingenieurswissenschaft, arbeite auf 450 Basis neben dem Studium."

"Sehen Sie, und Ihre Arbeitsergebnisse geben Sie brav an Ihren Professor, der gibt Ihnen eine gute Note, freut sich, und Sie gehen weiter in diese Eisbank auf 450 nicht wahr?"

"Was wollen Sie denn damit sagen?"

"Also mir ist das hier zu kalt, und zu dunkel."

"Darf ich Sie zu einem Drink einladen."

Sagte der junge Mann.

"Klar, wann, wo."

"In 10 Minuten vor dem Gebaeude?"

"Ok."

Mit einer Urkunde, einem Stempel, einer
beglaubigten Unterschrift darauf.

Ein Geschmacksmuster war es. Ein Schnitt
fuer Kleider die es noch nicht gab.
Durch drehen und wenden konnte man die
Groessen aendern.
Die Aermel so weit geschnitten, dass man
durch zwei Schnitte aus dem Aermeln eine
Kapuze herstellen konnte.
Das gesparte Geld aus Florenz in ein
neue Geschaeft investieren.

An dem Kanal entlang der neu angelegt
war, an den Regierungsgebaeuden entlang.
Kurz vor der Museumsinsel gab es Lokale
die Liegestuehle aufgestellt hatten. Mit
bunten Cocktails sassen die jungen Leute
am Kanal. Die Menschen gingen an den
Liegestuehlen vorbei. Natuerlich war das
nicht Berlin wie man es kannte. Doch genau hier zogen die Leute ihre schoenen
Kleider an, schlenderten an den Ausflugsbooten entlang, die voller Touristen waren. Gegenueber am Tisch sassen
sie.

Er, in einem weissen Leinenhemd, beige
Hose. Die Locken irgendwie wild.

"Also wie meinten sie das mit dem Professor!"

"Ihr als Studenten habt ja auch Ideen,
die ihr in euren Arbeiten praesentiert,
wenn sie gut sind, so nimmt der Professor diese und kann sie verwerten, viele
verkaufen sie an die Wirtschaft. Die Li-
zenzgebueren fliessen an den Professor,
so einfach kann das gehen. Wenn ihr dann
das Studium beendet habt, so tretet ihr
in Konzerne ein, ihr entwickelt weiter
sollte ein Patent dabei herauskommen so
meldet der Konzern das an. Ihr bekommt
eine Abfindung, das wars.
Wer kann sich denn eine Patentierung
leisten. Eben der Formulare auch wegen.

"Was haben Sie geschuetzt?"

"Ein Schnitt!"

"Was, ein Schnitt!"

"Ja, ein Schnitt eines Kleides, und das
hier alles wird mein Catwalk sein"

"So mit Modells und allem?"

"Na klar, mit allem Pi Pa Po."

"Brauchen Sie vielleicht noch Mitarbeiter?"

"Na klar, aber bezahlen kann ich eigentlich nichts, wegen der Formulare eben, wenn Sie verstehen was ich meine."

"Verstehe, wann gehts los?"

"Morgen bei mir."

Sie tauschten die Adressen.

3.Kapitel

Zum Loft, begann sie Bilder der Kindheit aneinander zu malen, Bild fuer Bild. Merkwuerdig war, dass immer der selbe Hintergrund erschien. Die Zeichnungen immer nur Szenen die sich im Alter von ca. 5 Jahren abspielten. Der Hintergrund immer das Muster der Vorhaenge im Schlafzimmer.

Gefaehrlich sind die Alleen im Sonnenschein die sich rund um den Speckguertel Berlins rankten, wie Blitze wenn man laenger in ihnen faehrt.

Kurze Rast in einer Kneipe die wohl
schon bessere Zeiten gesehen hat. Speckig der Kellner der mit einer viel zu
engen Kellnerweste vor ihr stand. Die
Knoepfe nur noch zum Teil zu schliessen.
Speckig auch die Karte die in einer ab-
gegriffenen Klarsichthuelle ihr tristes
dasein fristete.
Drei Speisen, unmengen von Getraenken.

"Eine Bulette."
"Kommt sofort."

Der Siebdruck stand in einem altem Kom-
binat der DDR, die Mieten dort billig,
was sich erheblich auf den Preis pro
Stueck auswirkte. Die Maschinen musste
Charlotte besichtigen, um festzustellen
wie breit die Kleider sein durften um
sie hineinzuschieben.
Elisabeth in England wuerde sie bitten
die Secondhand-Laeden abzuklappern. Alles was sie aus Leinen und Baumwolle
findet an uns schicken.
Am Ruecken etwas ausgepolstert. Fuer
alle Gelegenheiten tragbar. Ob Haus,
Alltag, Urlaub geeignet.

Das Loft gefiel ihr nicht, so schnell
wie moeglich zurueck in die Hotels mit
den praktischen Telefonen die man be-
nutzt, und wenig spaeter ein Tisch mit
weissen Tischdecken die Tueren hindurch
gerollt werden. In windeseile war das

Loft-Apartement nur noch Loft, was es ja urspruenglich ja auch war.

Am Abend konnte das Loft die vielen Schritte die notwendig waren um sich zu beruhigen nicht mehr aufnehmen. Schier endlos lief sie darin auf und ab. Die Balkontuere riss sie auf, dieser voll mit Taubendreck, von diesem Ort konnte man die ehemaligen Todesstreifen sehen. Dort wo die Elektrozaeune standen. Das Land immer noch oede.

Sven war puenktlich da, er uebernahm die groben Arbeiten, legte alles mit Plastikfolie aus, stellte Tapeziertisch an Tapeziertisch. Schnitt dann darauf das Material auf das Mass, dass es auf die Matritze passte.
Einen Rohgewinn wuerden sie machen den die Welt noch nicht gesehen hat, vom Start weg wird es funktionieren. Der Taschenrechner von Sven kannte nur noch eine Funktion + - %.

"Gigantisch."

"Gigantisch."

"Gut dass ich so lange in Amerika lebte, so macht man das, Sven!"

"Den Rohstoff holen wir uns aus England. Gleich morgen werde ich Elisabeth eine Freundin von mir bitten die Secondhandlaeden abzuklappern und alles was

sie aus Leinen und Baumwolle findet an
uns zu schicke."

Mitten in der Nacht tuckerte der 2 CV
von Sven gehn Kreuzberg. Bunt bemalt war
er, rot, gruen, weiss.
All zu viel Lebensmittel befanden sich
nicht mehr in den Schraenken im Apartement.
So schloss sie sich an die Menschen an,
die um diese Zeit am morgen Richtung U-
Bahn gingen, um ihre Arbeitsplaetze zu
erreichen. Dort gaebe es bestimmt einen
Supermarkt.
Einen Supermarkt gab es nicht, aber eine
Poststation dort konnte man das noetigs-
te wie Nesskaffe, Milch, Toast einkau-
fen. An einer Kasse bezahlte man die Lebensmittel, an der anderen gab man die
Post ab, Charlotte stand an beiden.

"Was muss ich auf einen Brief nach Groß-
britannien kleben?"

"X Cent."

"Eine bitte."

"Was heisst Eine, bitte?"

"Na eine Briefmarke!"

"Es gibt keine Briefmarken mehr."

"Was!, keine Briefmarken?"

"Nein nur noch Labels, wir kleben die drauf, wenn Sie Briefe abgeben."

"Wie uncharmant ist das denn, keine schoenen Bildchen mehr?"

"Nein."

"Wenn Sie Bildchen wollen, dann muessen Sie an den Automaten, der spuckt noch Bildchen aus."

In dem speziellen Fall entschied sie sich fuer die Bildchen. Wie uncool ist das denn? Ich schicke einen Brief aus Berlin mit dem Bild von Brandenburger Tor ab. Nicht nur, dass der Automat verwirrend war, die Pfeile die einem zeigten auf welchen Knopf man zu druecken hatte passten nicht zum Text der Anweisung. Sie ging noch mal zurueck, zum Herrn an der Portokasse.

"Sagen Sie, bekommt man nun in jeder Stadt wo die Automaten stehen das Brandenburger Tor?"

"Weiss ich nicht."

"Was heisst, weiss ich nicht?"

"Weiss ich nicht."

"Also hoeren Sie mal, Sie als Mitarbeiter der Post, muessen doch wissen was ihr Unternehmen in den Automaten hat."

"Ich bin doch kein Mitarbeiter der Post!"

"Ach!"

"Mensch, junge Frau ich habe den Kiosk gepachtet, und der hat 'ne Poststation."

Zu lange war sie im Ausland, wusste nicht mehr wie das in Deutschland laeuft.
Sie besah sich das Motiv, na Elisabeth wird sich bedanken wenn sie einen Brief mit dem Brandenburger Tor als Briefmarke bekommt. Gerade sie, na egal die Zeit draengt der Brief muss heute los.
Bei der Rueckkehr aus dem Speckguertel von Berlin waren die Ruecklagen fuer-Stoff nicht mehr noetig, es waehren zweistellige Tausende gewesen.
Das Loft im absoluten Hochsommer nicht der richtige Ort. Riesige Glasfronten hatte es, der Sonnenschutz doch eher du-erftig, zu gross die Sehnsucht nach den Room-Service Telefonen.
Sollte die Modenschau anfang Herbst stattfinden so musste sie nun in die Sonne des Suedens investieren.
Einige Wochen wird es dann dauern bis die erste Ware eintraf. Sven hatte die Studentinnen so ausgesucht wie es eben passte. Aber was war mit ihm!, wenn er die Show moderieren sollte so passte er nicht zu dem Gesamtbild. Und wie sollte man sich am charmantesten fuer die Nut-

zung des Lofts bedanken?

Die Angebote im Interne endlos, es waren
ja auch einige dabei die passen wuerden.
Doch die Tickets mussten selbst ausge-
druckt werden. Doch wie drucken, wenn
man keinen Drucker hat. Warum tat sie
das eigentlich, nur weil die Leute das
hier so tun.
So gerne haette sie sich integriert,
diese Dinge getan die sie taten.
Aber es gelang eigentlich niemals, ob es
nun beim Kauf einer Fahrkarte am Bahnhof
war, beim suchen einer Strasse, wobei
sie davon ausging noch Plaene an oeffentlichen Plaetzen zu finden. Beim auf-
laden von Handys usw. Es funktionierte
bei Charlotte nie so, wie es bei den anderen es tat. Ueberhaupt gewann sie den
Eindruck dass jegliche Kommunikation unter den Menschen nicht mehr stattfand.
Sprach man jemanden an, um ihn etwas zu
fragen, so schien es, als haette man
Denjenigen aus einer Welt gerissen. Die
wenigsten konnten eine Auskunft geben.
Aber sie lebten doch hier, inmitten von
Menschen.
Fuer einige Stunden hatte sie sich nun
in ihre Welt begeben. Mit niederschmet-
terndem Ergebnis, Stunde um Stunde ver-
ballert, und, immer noch keine Reise gefunden. Am schlimmsten empfand sie das
Verhalten in Kaffee's die meisten setz-
ten sich, bestellten, begaben sich dann
in ihre Welt. Total vergessen zu haben
weswegen es diese herrlichen Strassen-

kaffee`s gab, Sinn und Zweck vergessen. Der Geruch von Gauloises gemischt mit dem Duft des Kaffees, der brodelnt, aus den Maschinen floss. Laessig am Tresen stand, an der Zigarette zog, sich unterhielt. Wo war das alles geblieben? Doch welch eine Frage an sich selbst war das denn?, man durfte ja nicht mehr rauchen. Wenn sie an ihren Blutdruck dachte beim Aerger, der sie erfasste, wenn sie an einem der Tische auf der Terasse sass. Ihr das Erlebnis am Kaffeetresen entzogen war. So draengte sich doch ein Verdacht auf. Aber was ging sie das eigentlich an?

Nichts, aber war es wirklich nichts?Angesichts ihres jetzigen Blutdrucks, konnte sie im Moment diese Frage fuer sich selbst nicht beantworten.

"Guten Tag.
Ich benoetige eine Reise, in der Zeit August. Ein Cluburlaub soll es sein, mit viel Sportangebot. Und in Fuerta Fentura fuer 3 Personen. Abflug Berlin, ach ja, die Tickets sollen am Flughafen bei der Fluggesellschaft deponiert werden."

Entspannt lag sie nun auf dem Sofa im Loft, es stand mitten des Arbeitsraums. Mit dem Finger klopfte sie sich auf die Schlaefe, wie bloed kann man denn nur sein, eigene Zeit zu verballern, wenn es Leute gibt die dafuer bezahlt werden. So wie sie es immer tat, so auch hier. An

nichts wuerde sie sich anpassen, warum
denn auch. Schluss mit den Fragen.

"Sven, hoer mal.
Bis die Pakete hier eintreffen werden
bestimmt noch 3 Wochen vergehen.
Nun dachte ich mir weil ich dir doch
sagte wie die Show veranstaltet
wird,waere es gut wenn du auch etwas
braun waehrest. Es wuerde einfach nicht
passen, wenn du so blass bist. Also das
Geld dafuer nehme ich von dem gesparten
fuer den Stoff. Die Reise soll im August
sein, hast du Zeit?"

"Klar habe ich Zeit."

"Wir reisen zu dritt, denn den Mieter
dieses Lofts habe ich auch eingeladen."

"Na super, also August freihalten, ist
das richtig?"

"Korrekt, die genauen Reisedaten habe
ich voraussichtlich erst heute Abend."

"Ok. Tschuess.

4.Kapitel

Die Balkontuere riss Charlotte auf, hinunterblickte, das Gelaender fest im Griff.

"Charlotte!!!
Wo bleibst Du denn, mach mal Dein Handy an! Die Taxiuhr laeuft."

Neben dem 2CV stand er, das Taxi halb auf der Fahrbahn.

"Ja!, ich krieg den Koffer einfach nicht zu."

"Oh, Charlotte!!!"

Auf den Koffer nun stehend, versuchte sie es noch einmal. Es ging einfach nicht, Kleider mussten raus. Fuer eine Frau in solch kurzer Zeit ein schier un-loesbares Problem. Bei ihrer Eitelkeit schon ueberhaupt.

Rennend ueber den Linoleum belegten Flur des Hochhauses, Richtung Fahrstuhl.

Die Schwerkraft, die an der Ecke, kurz vor dem Fahrstuhl.

-Pling-

Er sprang auf, die Klamotten nun auserhalb des Koffers. Leute waren aus dem Fahrstuhl gestiegen, sie halfen beim einsammeln. Das Schloss hatte sie nicht abgeschlossen, gut dass sie halfen.
Beim Schleudern des Koffers brach ein Rad ab, so kam es, dass sie am Flughafen in der Schlange beim Einchecken nicht den Koffer wie die anderen hinter sich herzogen. Nein, sie kickte den Koffer vor sich her.
Nervoes schienen die Reisenden.
Viele Schokoriegel wurden verzehrt.
Plaetze nebeneinander hatten Sven und sie nicht, sie sass neben einem jungen Mann ca. sechszehn Jahre alt. Er spielte ein Computerspiel. Wann wuerde seine Reise wohl beginnen?, Sie hoben ab.

Bruno war von Stockholm aus gestartet.

Dunkel war die Halle des Clubhotels, ganz dunkles Holz, dunkler als Mahagoni.Geschnitzte Saeulen, darin ein viereckiges Podest, das mitten in ihr stand, darauf Sitzgruppen. Der Boden mit groben Steinplatten, die Grundfarbe Rot, etwas Beige war auch darin, ein Beige wie Ton, oder eben Tonerde. Frueher als die anderen Gaeste hatten sie den Ferienclub erreicht, sie buchten ueber England. Vom

Shuttelservice vom Flughafen hierher waren sie ausgeschlossen.

Bruno stand am Empfang, gruenes Poloshirt, dunkelblaue Chinos, schwarzer Guertel, hellbraune Slipper, oft hatte er diese Kombination an.

Ein Ehepaar waren sie einmal. Er war Manager einer der groessten Handelsketten Deutschlands am Herrmanns-Platz in Berlin einer ihrer Standorte. Darum auch das Apartement, er, Einkaeufer und staendig in der Welt unterwegs, es stand die meiste Zeit lehr.

Er kam auf uns zu. Die Begruessung korrekt wie immer. Leider war schnell klar, dass dieser Urlaub nicht so verlaufen wuerde wie Charlotte erdachte.

Unterschiedlicher konnten zwei Menschen nicht sein als die zwei.

Die Eiswuerfel wurden in die Glaeser gegeben, der Orangensaft hinein. Der Begruessungsdrink des Hotels war es. Die drei nahmen ihn im Freien ein auf einer Terasse, an einem kleinen runden Tisch aus Metall, auch die Stuehle aus Metall, verschnoerkelt. Der Fussboden so hell wie der Strand, uebers Meer konnte man von hieraus blicken, gegenueber war Afrika.

"Ach bitte fuer mich keine Eiswuerfel."

Ihr Glas wurde wieder mitgenommen.

"Bei der Bullenhitze keine Eiswuerfel."

Sagte Bruno.

"Warum das denn, Du liebst doch Eiswuerfel, Charlotte."

"Ja natuerlich liebe ich Eiswuerfel aber
doch nicht im Saft. Eiswuerfel nur in
Getraenken mit Kohlensaeure."

"Ach."

Der Kommentar von Sven.

"Sind Sie auch eingeladen?"

"Ja."

"Wie kommt`s?"

"Charlotte und ich haben ein Projekt,
weil nun Charlotte durch einen guten
Einfall viel Geld gespart hat, hauen wir
das gesparte Geld nun hier auf den
Kopf."

Charlotte wendete sich ab, ihre Hand lag
auf der Stirn.
Dieser Urlaub wuerde zur Katastrophe.
Laechelnd ging die Konversation weiter.
Er verstand es immer noch wie kein ande-

rer.

"Wie lange bist Du von Stockholm aus ge-
flogen?"

Er schaute auf die Uhr, also unterwegs
bin ich seit acht Stunden oder so.

"Sag mal was ist denn das fuer ein Projekt, wo man so viel Geld spart um
in den Sporturlaubsclub einzuladen,
wo die Tennisdaviscupmannschaft trainiert?"

"Was! Die deutsche Daviscupmannschaft
trainiert hier, wo denn?"

"Also jetzt nicht gerade, aber ihr Trai-
ningslager ist hier, die Tennisplaetze
da unten, aller erste Sahne sage ich
euch. Hartplaetze sind es mit einem
Harzsandgemisch darauf. So was habe ich
ueberhaupt noch nie gesehen, der Schuh
rutscht wie von selbst darauf."

"Iss ja ein Ding!"

"Ich habe wirklich nicht so viel dafuer
bezahlt."

"Ist, ja jetzt auch egal, also was ist
das denn nun fuer ein Projekt?"
Sven hatte solch eine Begeistungsfaehig-

keit, unfassbar war sie einfach, nach
2 Stunden sassen sie immer noch da, wenn
es ums Geschaeft ging gab es einfach
kein halten mehr.
Auch bei ihr war das so, das war es
eben.
Jeder der im Urlaubsort ankommt, bezieht
doch erst einmal sein Zimmer, macht sich
frisch und so. Aber nein das gab es ja
nicht.
Die Busse die die anderen Gaeste ge-
bracht hatten standen noch am Eingang.
Einige von ihnen noch in der Halle, an
ihnen vorbei ging es in die letzte Etage
wo ihre Zimmer lagen.
Charlottes war am Anfang des Ganges, ein
Balkon musste es haben, so viel wie
Charlotte rauchte anders nicht moeglich.
Von ihm aus der Blick uebers Meer, aber
auch der Eingang zum Speisesaal war genau zu sehen. Das Gepaeck auf dem Kof-
ferbock. Ein riesiges Bett, ein schoenes
geraeumiges Bad, und, ein Telefon mit
Roomservice.
Charlottes Welt war wieder in Ordnung.
Endlich wieder normale Verhaeltnisse als
sie entspannt auf dem Bett lag, sich auf
die anderen Gaeste heute, auf die herrlichen Buffets, die es geben wuerde
freuend.

Mit dem grossem Badetuch umschlungen mit
Turban aus Handtuch oeffnete sie die
Tuere.

"Ach Sven, Du!"

"Es gibt gleich essen, komm beeil Dich mal bisschen."

"Komm rein."

"Wir haben noch massig Zeit, noch keiner ist im Speisesaal."

"Haeh, wo weisst Du das denn her?"

Sie nahm ihn am Arm, zog ihn auf den Balkon.

"Cool!"

Von dort aus konnte man nicht nur den Eingang sehen. Nein das Gebaeude hatte ein Glasdach.

"Ich gehe doch da nicht runter wenn noch keiner da ist."

"Hast Du Bruno gesehen?"

"Nein, habe geklopft, war aber wohl schon weg."

Sie rannte nun Richtung Bad.

"Warte einen Moment bin gleich fertig!"

Nach und nach fuellte sich der Saal, sie stand neben ihm am Gelaender, schaute hinab.

"Bescheidener waere es wohl nicht gegangen."

"Wer bescheiden ist, ist bloed, warum sollte ich denn bescheiden sein? Ich bin hier im Urlaub habe dafuer bezahlt, kann mich doch aufdonnern wie es mir gefaellt."

"Ja schon aber....."

"Nichts aber! Sven, hast Du schon mal einen Gebharden gesehen, der bevor er auf die Jagt geht sich im Dreck waelzt? Also ich nicht, wenn er es taete so wuerde er sterben.
Sein Fell tadellos,
sein Koerper in Schuss.
Verglichen mit uns ist es nun mal so, dass wir im wenigen Wochen die Modewelt revolutionieren werden. Alles bisher Dagewesene in den Schatten stellen. Wir bringen die Weltgeschichte, die Museen der Welt bringen wir auf die Strassen der ganzen Erde. Wissen, werden sie, warum die Welt so ist wie sie ist.
Kleider braucht eben nun mal jeder, sie koennen entscheiden welche Motive sie waehlen werden. Die wenigsten wissen doch von den Kunstwerken in den Museen der Welt.
Ein kleiner Teil kann es sich leisten

sich die Kunstwerke anzuschauen. Ich habe diese bornierte Gesellschaft so satt. Die sich dazu mit nichtssagenden Klamotten sich in der Gesellschaft bewegen. Wir koennen mit unserer Publicity nicht frueh genug beginnen. Bald werden wir beruehmt sein. Marketing nennt man das, die Amerikaner machen das auch so, und laeuft der Laden, oder nicht?"

"Stimmt, der laeuft."

"Na also."

Nun rannte Sven los, die Tuerklinke der Zimmertuere in der Hand. Den Arm hatte er gehoben, die Hand ausgestreckt.

"Warte, bin gleich zurueck."

Rief er ihr zu.

Mit dem wohl schrillsten Hawaiihemd das sie je gesehen, gingen sie schwankend vor lachen hinab. Richtung Speisesaal, an dem Kakteen vorbei, die rechts und links des Eingangs standen. Ihre Buehne war er, die, des schrillsten Paares des Abends.
Bruno war schnell gefunden er sass an einem wohlgefuellten Tisch. Plaetze hat-

te er fuer sie reserviert. Gemischt das Publikum an ihm. Eine Dame die sich brennend fuer Sonnencreme interessierte. Eine andere hoerte gebannt Bruno zu, denn er erzaehlte von einer neuen Methode ohne zu hungern abzunehmen. Er sprach von einer Badewanne in die man sich legt und der Druck des Wassers, den man mit einem Geraet erzeugt, wuerde man Fett verlieren. Dieses Geraet musste sie sofort haben, ihr Mann der neben ihr sass verdrehte die Augen, drehte sich etwas ab.

Aus der Baubranche war er, glaube ich. Im Laufe des Abend war nun jeder Hauttyp von der Dame bestimmt, jeder mit dem richtigen Lichtfaktor versehen. Doch bei Charlotte eher ratlos, genau sah sie sich ihr Gesicht an, doch angesichts dessen, dass Charlotte nun zu beginn des Urlaubs Haende hatte deren Handinnenflaeche ganz hell waren. Die Handoberflaeche aber so dunkel, dass sich eine ganz klare Linie im Verlauf des Zeigefingers zeigte. Bruno war frueher immer sehr darauf bedacht, dass ihre Nase nicht verbrannte. Er kraemte sie immer ein, doch Charlotte brauchte keine Sonnencreme. Make-up konnte sie nicht benutzen, ein solch dunkles gab es nicht.

Die Tagesplanung fuer den Naechsten war schnell gemacht. Bruno wuerde mit dem Bauunternehmer Tennis spielen, eigentlich hielt sie es fuer eine Witz die Story mit dem Geraet fuer die Badewanne,

aber womoeglich gab es das wirklich.
Sven wuerde Surfen gehen. Charlotte ihrer Lieblingsbeschaeftigung nachgehen,
Sonnenliege am Pool, Modezeitschrift,
kuehler Drink, und Handy.
Am spaeten Nachmittag des naechsten Ta-
ges, ging sie hinab zu einem Felsen der
direkt am Meer stand. Dort erzaehlte die
Dame vom Vorabend, die Cremespezialis-
tin, es gaebe dort kleine Tiere aehnlich
der Erdmaennchen.
Ihnen wollte sie die Kekse bringen, die
sich bei jeder Tasse Kaffee die sie getrunken hatte auf den Untertellern waren. Sie selbst, as diese nicht.

Der Abend munter, nicht nur der Kleider
wegen. Nein das Publikum sehr interessant, durchaus schillernd. Tolle Sache
dieses Marketing. Zwei Ehepaare mehr,
sassen am Tisch. Der eine Mann durchaus
attraktiv, gross, schlank, dunkler
Teint. Fensterfabrikant war er, seine
Frau eher nicht so attraktiv.
Ihre Louis Venitton Tasche hatte sie auf
dem Tisch deponiert. Das andere Ehepaar,
sie durchtrainiert, blonde kurze Haare.
Er erzaehlte von seinem schoenen Haus,
das wirklich gross zu sein schien. Seine
Garage war es auf jeden Fall, denn einige Oldtimerporsche standen darin.
Beide Frauen beschaeftigten sich mit der
Gymnastik Pilatis.
Das Essen war nebensaechlich geworden so
interessant war es was sie erzaehlten.
Auch bei Sven, so hatte sie den Ein-

druck, der gegenueber ihr sass.

"Sagen sie, diese Erdmaennchen am Felsen habe ich nicht gefunden. Meine Kekse wollte ich ihnen bringen. Wo finde ich die denn?"

Fragte Charlotte die Dame neben sich.

"Morgen gehe ich mit Ihnen, dann zeige ich Ihnen diese."

"Oh, gerne!"

Im Verlauf des Abends wurde es klar, das Geraet von dem Bruno sprach gab es.
Die Bauunternehmer wollten es in die Baeder einbauen. Aus Baden-Wuerttemberg stammten die Paare. Eines davon, ein Ehepaar, das mit dem Porsche in der Garage, nur ein Paar. Er, war geschieden, genau aus Sigmaringen kamen sie. Charlotte kam auch aus Baden-Wuerttemberg, Sigmaringen kannte sie genau, was fuer ein schrecklicher Ort.
Tiefstes Wuerttemberg war es, am Verhalten der Leute dort, konnte man so gut erklaeren weswegen es ein Bindestrich zwischen Baden und Wuerttemberg gab.
Natuerlich gab es z.B. auch Nordrhein-Westfalen, aber dort kannte sie sich nicht so gut aus. Erst letzthin war sie dort, also in Sigmaringen. Sie ueber-

nachtete in einem kleinen Hotel mit Restaurant. Sie ass im Lokal Spargel mit Schinken und Pfannkuchen, trank einen Riesling dazu. Daneben ein Tisch mit Einheimischen einige waren es, die Glaeser waren fast leer, da sassen sie wirklich noch lange.
Trollinger war es wie ich denke, der Farbe nach konnte es nur Trollinger gewesen sein. In Baden wo sie herkam trank man den Wein, ass den Spargel, den es in Huelle und Fuelle gab. In Wuerttemberg schlotzte man den Trollinge, nippte daran, lies ihn langsam auf der Zunge zergehen.
Wuerttemberg war niemals so fruchtbar wie es Baden war. Den naechsten Tag fuhr sie rueber nach Hechingen. Noch schlimmer, die schliessen aus lauter Sparsamkeit sogar die oeffentlichen Toiletten ab, auf dem Gaesteparkplatz unterhalb des Schlosses. Wobei sie in dem Fall nicht wusste ob Friedrich es war, der es tat, die Gemeinde, oder der Staat. Egal, geschlossen war sie eben.

Die Herren der heutigen Abendgesellschaft gingen am folgenden Tag zum Bogenschiessen, was neben Tauchen, Tennis, Gymnastik, Golf, Dampfbad, Surfen, noch angeboten wurde.
Sven ging zum Surfen, Charlotte zu den Erdmaennchen.
Die Dame neben ihr, legte auf einmal ihre Hand auf Charlottes Unterarm der auf dem Tisch lag.

"Sagen sie, was haben sie denn fuer die Reise bezahlt?"

"Moment, lassen Sie mich rechnen. Wir zahlten zusammen 6.000 Euro."

"Also fuer zwei Personen, 6.000,.. Euro."

"Aber nein fuer drei Personen 6.000,.. Euro."

"Was!, ich bezahlte genau das doppelte, wie kann das sein?"

Sie fragte nun den schlanken, dunkelhaarigen Herrn, sie wusste, dass das Ehepaar erst am Tag zuvor angereist war.

"Was haben sie denn bezahlt?"

"4.000,.. pro Person."

Dann das Paar mit den Porsches, sie waren schon laenger da.

"Auch 4.000,.. pro Person."
"Wie ich auch, wie kann das sein?"

Ihr Blick auf Charlotte.

"Weiss ich nicht, koennte nur sein, weil ich von England aus buchte."

"Warum denn von England aus, Sie wohnen doch in Berlin?"

"Aber nein, ich wohne doch nicht in Berlin. Ich wohne in England und manchmal in Frankreich."

"Ach!!"

Auch Sven sah sie etwas ueberrascht an.

"Was machen sie eigentlich beruflich?"

Klang es nun aus der Sigmaringer Ecke.

"Beratend bin ich unterwegs."

Charlotte ueberlegte nun selbst wie es sein konnte.
Vielleicht lag es wirklich daran dass ich von England aus buchte.

"Und warum ist das so?"

"Vielleicht weil sie groessere Reiselieschen sind, sie bekommen vielleicht Rabatt."

"Sie leben dann also abwechselnd mal in England und Frankreich."

"Genau so ist das."

"Aber warum?"

"Vielleicht wegen den Flugtickets!"

Lachend nun Charlotte.

"Ich nun, flog von Stockholm mit dem englischen Ticket hierher."

"Ja, genau, wir beide also Er, Sven."

Sie deutete auf ihn.

"Flogen in Berlin ab."

"Genau, von Berlin aus flogen wir."

Die naechsten Tage schien der Club immer mehr Fahrt aufzunehmen.

Es mag daran gelegen haben, dass viele Leute so wie Charlotte es tat erst akklimatisierten, dann mit Aktivitaeten starten. Am Pool wurden Tauchkurse abgehalten ein heiteres Treiben begann. Auch Charlotte begann sich die einzelnen Sportstaetten anzusehen. An welchen sie Spass hatte, wusste sie selbst nicht so genau. Sie schaute ueberall etwas zu. Nur Tauchen, Surfen und Gymnastik kamen nicht in frage. Sie hatte Angst vor dem Meer.

Die Erdmaennchen hatte sie vergessen. Am Abend traf man sich an der Bar am Pool. Ein Golflehrer gesellte sich zu ihr, legte ihr Golf waermstens ans Herz.

Einmal nahm sie den Golfschlaeger aus dem Schirmstaender. Ging hinab, auf die Wiesen auf denen auch Obstbaeume standen, kurz vor den Rheinauen war es. Die Auen entstanden, als der Rhein begradigt wurde, eine Brutstaette fuer Schnaken waren es, mit dem stehenden Gewaessern. Dort schlug sie den Ball, und es funktionierte ganz gut. Doch dem Golfspiel an sich, konnte sie nicht wirklich etwas abgewinnen. Zu viel laufen, zu wenig schlagen. Laufen tat sie niemals gerne, doch sie besuchte die Driving Ranch wie er vorschlug, einfach nur zum Abschlagen tat sie es. Ueberhaupt alle Sportarten die mit kleinem Ball und einem Schlaeger gespielt wurden vielen ihr leicht. So auch Baisball, den Ball traf sie sofort, als sie es vor dem Flug versuchte, der

Flug endete aber schnell, denn eine Kon-
troll-Leuchte brannte.

Die Erdmaennchendame wurde immer lustiger etwas zu viel Alkohol hatte wie wohl
getrunken. Das Ehepaar tanzte den Disco-
fox so gut wie keiner.

Insgesamt ein wirklich lustiger, schoe-
ner Abend an der Poolbar. Den naechsten
Vormittag verbrachte sie auf der Dri-
ving-Ranch, den Nachmittag auf einer
Bank, am Tennisplatz. Herrendoppel wurde
gespielt, Bruno spielte in der Gegneri-
schen.
Ein Mann, gross, dichtes graues Haar,
den Gang seiner Jugend schien er nicht
verloren zu haben. Seinen Pulli ueber
den Schulter die Aermel vor der Brust
gebunden. Sein Spiel eine Katastrophe,
unfair spielte er. Er schlug die
Baelle,schnitt sie, sodass sie ueber das
Netz flogen auch aufkamen, doch wieder
in einem Bogen Richtung Netz sich bewe-
ten. Der Gegner konnte sie nicht bekommen, und wenn, dann nur wenn er sich
fruehzeitig darauf einstellen konnte.
Doch dieser hatte sein Spiel schon gewonnen.
Zu Kaffee und Kuchen ging sie am Nachmittag, Richtung Halle, in ihr war ein
Kuchenbuffett aufgebaut. Sven traf sie,
auch am Kuchenbuffett.

"Was machst Du Charlotte?"

"Schaue beim Tennis zu, einen Spieler gibt es da, an Unfairness nicht zu ueberbieten.

"Komm doch mal mit runter an den Strand."

"Nein lieber nicht, ich habe Angst vor dem Meer."

"Aber der Strand ist doch nicht Meer."

"Nein, ich komme nicht runter."

"Ich werde vom Felsen herunterschauen. Aber erst gehe ich noch mal zum Tennisplatz, weiss nicht ob der wirklich gewonnen hat. Im zaehlen des Spiels kenne ich mich nicht aus, das muss ich einfach sehen."

Wenig spaeter stand sie am Felsen, sah wie er weitraeumig kreuzte.
Die Menschen badeten im Meer, sie winkte ihm zu.
Ging dann zurueck zum Tennisplatz, das Spiel war zwar vorhin zu ende, aber der Satz noch nicht. Seinen Sieg feierte er auf der Hotelterasse an dem Pool, ein kleiner Tisch auf dem schon volle Sektglaeser standen.
An den anderen Plaetzen entlang, mit den vier Maennern, ging es entlang. Sie war mit von der Partie beim feiern. Es gab

nur Sekt, so nippte sie beim Anstossenam Sekt. Sie trank eigentlich nur sehr sehr wenig Alkohol. Eine ausgelassene Runde war es, auch andere Spieler gesellten sich dazu. Irgendwann auch Sven, der neben ihr sass. Der grauhaarige Herr erzaehlte ihr, von einer Kreuzfahrt die er letzthin gebucht hatte. Er wandte sich zu ihr.

"Also das muss ich Ihnen erzaehlen. Letzthin war ich unterwegs, dachte ich koennte meiner Frau eine Freude machen,und buchte eine Kreuzfahrt. Ging dann nach Hause erzaehlte ihr freudestrahlend, dass wir in 14 Tagen in See stechen wuerden. Sie sprang daraufhin auf, geriet in totale Panik. 'Da muss ich jetzt schon anfangen zu packen.', rief sie. Ich hatte den Eindruck sie wollte gar nicht verreisen."

"Na so was! Also das koennte mir nicht passieren. Ich habe immer einen kleinen Koffer gepackt, mit dem Noetigsten fuer ein paar Tage."

"Reisen sie oft?"

"Oh ja, sehr oft."

Sven nun ganz nahe an ihrem Ohr, leise

sagte er.

"Du hast doch nicht wirklich solch einen Koffer, oder? Charlotte!"

"Quatsch!"

Irgendwie bemerkte sie, dass ihr der Sekt nicht gut tat, ging dann auch zuegig.
Kaufte noch eine Haarspange in einem kleinen Laden wo es so alles gab. Vom Keks bis zum Bikini. Langsam, sehr langsam ging sie die Treppen hinauf, zu ihrem Zimmer. Aufs Bett, einen Schwipps hatte Charlotte.
Gerade heute wo am Abend ein Galabuffet war, mit ganz offizieller Kleidung. Eine Tanzveranstaltung gab es auch, schlafen kam darum nicht in frage, denn schliefe sie am spaeten Nachmittag so waehre der Abend gelaufen. Eine Kanne Kaffee liess sie sich bringen, beobachtete von Balkon aus die Vorbereitungen zum Dinner heute Abend. Das ganz schlichte lange schwarze Kleid waehlte sie, den vorderen Teil ihrer Haare zwirbelte sie nach oben, und die Spange die mit einigen Strass-Steinen besetzt war, hielt den grossen Dudd der sich gebildet hatte.

Die beiden auch im dunklen Jackett neben dem Sigmaringer Tisch, doch lange sassen sie nicht an dem anderen. Die Erdmaenn-

chendame befand auf einmal, dass es an
dem an dem sie heute Abend sassen, es
doch stinklangweilige sei. Wir zogen
mit unseren Glaesern in der Hand um. Die
Stimmung nahm darum fahrt auf, weil die
Dame der Erdmaennchen ein Zickenkrieg
angezettelt hatte. So sagte sie bei ihrem Umzug, als sie noch nicht sassen, zu
ihr.

"Also finden sie das nicht auch unmoeglich, dass manche Damen ihre Handtasche
auf dem Tisch deponieren."

Ein ganz klares ja, folgte.

Die Maenner amuesierten sich so, welch
ein Schlagabtausch folgte. Ihre
Jackettshatten sie nicht mehr lange an.
Zum Schluss des Gejohles, sollte dann
Bruno mit der Erdmaennchendame den Csar-
das tanzen. Dazu kam es aber nicht.
An der Poolbar gewannen indes die Sigmaringer Porsches den Tanzwettbewerb mit
dem Disco Fox.
Sven und sie versuchten den Golflehrer
aus England am Bartresen davon zu ueber-
zeugen, dass trotz dessen dass er einmal
Golfprofi war, er jedoch immer so nervoes war. Seine Karriere durchaus nicht
zu ende sein koennte, wenn er

einfach den Ball auf das -T- setzt, und
losschlaegt.
Es war der vorletzte Abend bevor der Urlaub endete.
Das Vorhaben die Stadt noch zu besichtigen verworfen. Auch ihr wurden die Tem-
peraturen zu heiß, gnadenlos brannte die
Sonne herab. Eine Preisanfrage schickte
sie noch vom Hotelfax ab.

Am naechsten Tag bestiegen sie das Taxi
zum Flugplatz, dort trennten sich wieder
ihre Wege. Bruno flog wieder nach Stockholm.
Sie, zurueck nach Berlin.

5.Kapitel

Nach und nach trudelten die Pakete aus England ein. Die UPS Mitarbeiter brachten sie in`s Loft. Nicht alle Kleider eigneten sich zum bedrucken. Sven brachte die geeigneten dann zum Siebdrucker. Es mag etwas verwunderlich erscheinen, dass nur Sven und sie das alles taten, denn es war wirklich eine Menge Arbeit. Aber ihr Geschaeft spielte sich in der Modebranche ab. Die wohl gnadenloseste die es gibt. Denn die Modeschoepfer standen unter immensem Druck, staendig musste etwas neues kommen. Die Versuchung doch gross, beim anderen mal bischen zu schauen was der so macht.
Dies was sie nun mit den bedruckten Klamotten und der Modenschau machte, diente ja nur der Vorbereitung des geschuetzten Entwurfs.
Das Durchnummerieren, und wann welches Modell los laufen sollte, wo stehen bleiben, die Inszenierung war schwer. Mitte September stand die Inszenierung. Nur noch die Lokalitaet buchen, dann konnte die Show beginnen.

Zum Betreiber der Lokalitaet am Spreekanal ging sie, um die Lokalitaet oder besser gesagt den Aussenbereich wo die Liegestuehle standen, zu buchen.

Am Tisch im Lokal, war die Besprechung
aber leider sehr schnell zu ende, denn
sie benoetigte eine Erlaubnis der Stadt,
weil es im oeffentlichen Raum stattfinden sollte.
Relativ niedergeschlagen verliess sie
das Amt, es war nicht genehmigt worden.
Die Begruendung in einem Deutsch gehal-
ten, das sie nicht wirklich verstand,
nur so viel, dass es nicht im oeffentlichen Raum stattfinden durfte.
Das Problem, sie benoetigte Platz, wo
gab es so viel Platz der abgeschlossen
war.

Das Konzept war nicht umzuwerfen. Eine
Umgestaltung nicht moeglich. Die Spree
konnte sie komplett vergessen. Sie setzte doch so sehr auch auf die vielen Touristen auf den Ausflugsbooten die es sehen sollten. Es musste ein Ort sein wo
sich die Welt traf. International, ein
Flair der grossen weiten Welt verbrei-
ten, das musste die Lokalitaet bieten.

Etwas ratlos bestieg sie die U-Bahn in
das alte Stadtzentrum von Berlin.
Sollte sie den Spiess nicht einfach um-
drehen.
Zu lange vielleicht an dem neuen Berlin
festgehalten. Weil die Avantgard dort
sitzen sollte, der Gedankenlauf
war falsch, sie, war ja nun auch die
Avantgard. Mit der flachen Hand schlug
sie sich auf die Stirn, aber natuerlich,
im Ferienclub funktionierte dieses Kon-

zept der Praesentation ja auch.

Die Drehtuere ging sie hinein setzte
sich, mas nun per Augenmass die Strecken
des Gebaedes ab, koennte klappen.
Entlang des schmalen Ganges Richtung
zweiten Ausgangs.
Es gab von dort aus keine Verbindung
mehr zum Ausgangspunkt. Also musste sie
ueber den Ku-Damm, es gab dann keine andere Moeglichkeit das Gebaeude zu ver-
lassen. Und nackt konnten sie die Modells ja wohl kaum aus dem Gebaeude gehen lassen.
Genuesslich glitt nun die Kuchengabel in
den Himbeerkuchen. Es war 9.00 Uhr am
naechsten Morgen als sie den Anruf tae-
tigte.

"Was kostet bitte ihre Halle am Tag?"

"Die kann man nicht mieten."

"Ach reden sie nicht, natuerlich kann
man die mieten!"

"Nein."

"Herr Lagerfeld, Frau Sander kann sie
doch auch mieten."

"Ach, fuer eine Modenschau!"

"Genau fuer das, schnell sind sie darauf gekommen.
Doch angelogen haben sie mich trotzdem."

"Aber nein!"

"Aber ja, was kostet sie also?"

"   X   "

"Ach, geht ja, wie lange vorher muss man buchen?"

"Kann eigentlich ganz schnell gehen."

"Na dann, Danke."

Am Nachmittag ging sie hin, buchte fest, und zahlte auch gleich.
Entlang der schmalen Strasse zur S-Bahn Station Bahnhof Zoo.

"Das gibt es doch nicht!"

Sie drehte sich um.

"Ja das gibt es doch nicht."

Kam auf sie zu.

"Was machen Sie hier?"

Matt irgendwie seine Augen.

"Hatte da drueben was zu tun."

"Ach so."

"Und Sie?"

"Ich wohne doch hier."

"Was! Immer noch!"

"Aber ja! warum nicht!"

"Na ich weiss ja nicht, so viele Jahre in einem Hotel."

Er zuckte die Schultern.

"Und ihre Frau?"

"Was fuer eine Frau denn?"

"Aber sie sind doch verheiratet!"

"Also jetzt Moment mal, ich habe weder eine Frau und schon gar keine Ehefrau."

"Und wie geht es Ihnen sonst so?"

"Mal so, mal so."

"Was ist das denn fuer eine Antwort."

"Nehmen sie einfach das, mal, dann passt das schon."

Welch eine Returkutsche die sie soeben einfuhr.

"Wo waren Sie denn nur?, als Sie auf einmal weg waren."

"Ich lebte fuer einige Jahre im Ausland."

"Ich fand sie nicht mehr. Sie hatten einen Tag vor dem Fest ein Tuch vergessen."

"Ach so."

Seufzend.

"Ich habe es noch immer, jetzt kann ich es Ihnen geben."

"Ok., nein, lassen sie mal!"

"Jetzt will ich das aber mal genau wissen, liegt es nun an mir, oder an dem
Gebaeude in das Sie partout nicht wollen.
Warum!!, sind Sie nicht gekommen?!"

"Ich hatte meine Gruende."

"Nein, nein, und nochmal nein."

Mit seiner rechten Hand machte er eine
Bewegung, wenn ein Tisch darunter gewesen waere, so haette er auf ihn geklopft.

"Jetzt in dem Moment will ich das nun
wissen, ich habe nicht die halbe Welt
durchtelefoniert um Sie zu finden, um
nun zu hoeren, ich hatte meine Gruende.
Wie bloed ist das denn."

"Also gut, ich habe Leute gesehen die
auch eingeladen waren, mit ihnen woll-
teich auf keinen Fall zusammentreffen.
Niemals haette ich ihnen gegenueberste-
hen koennen."

"Das war alles, nur das war es!"

"Aber ja, nur das!"

"Adresse!, Telefon-Nr.!"

Artig schrieb sie alles auf, gab ihm den Zettel. Eine aehnliche Bewegung wie er zuvor, machte sie, drehte sich um.

"Ach alles Scheisse, aber wirklich alles Scheisse."

Sie rannte davon.

Wenn sie einer zur Weissglut bringen konnte, dann war er das.
Ich krieg die Krise!

Im Loft angekommen flog alles moegliche das nicht angeschraubt war im Apartement umher.
Jetzt bin ich`s aber leid, aber so was von Leid. Mir reichts jetzt, die hatten das bis ins Kleinste geplant, diese Ka-kerlaken diese elenden Kakerlaken!!"
Ihre Kreditkarten sortierte sie.

Die Tuere riss sie auf.

"Stellen Sie`s gerade hier hin."

"Also, ich kann das nicht stellen."

Erst jetzt blickte sie auf. Ein Strauss
war`s in Folie, obenauf ein Couvert DIN
A5.
Sie nahm ihn.

"Danke."

"Tschuess."

"Tschuess."

Der Zorn war noch nicht verflogen, sie
pfefferte den Strauss auf den Tapeziertisch, riss die Folie auf. Den Briefo-
effner in der Hand, drehte sie den Umschlag hin und her. Nichts drauf ge-
schrieben. Der Oeffner landete neben dem
Strauss.
Charlotte riss ihn auf. Das Papier nahm
sie heraus.

                    -Carl-

Nur Carl stand darauf.
Das war also der Grund weswegen sie sich
in solchen Massen im Vorraum vor dem
Festsaal aufgehalten hatten.

Davonlaufen, sollte ich.

Am Tapeziertisch sass sie den Kopf in

die Haende gestuetz, sah die grosse
Glasfont entlang.
Es war schwer ein Leben zu sortieren
wenn man bemerkt, dass das eigene so
verlaufen war, nur weil eine Person einmal einen Fehler gemacht hatte. Dieser-
Fehler nun eine Kettenreaktion ausloeste
von ungeahntem Ausmass.

Stunde um Stunde war vergangen Sven wuerde bald vor der Tuere stehen. Er sollte nicht sehen, dass sie einen Wutaus-
bruch hatte. Gegenstand um Gegenstand
fand wieder seinen Platz. Mit dem Besen
fegte sie den Rest zusammen.

Laessig auf dem Buerostuhl das eine Bein
angewinkelt auf dem Tisch, gaunschend,
auf dem Buerostuhl mit Rollen.

"Sven!, als erstes, setze Dich bitte
normal hin."

Seine Mundwinkel zog er nach unten, die
Augen weit aufgerissen.

"Was ist denn los, ich sitze doch immer
so."

"Ja, aber jetzt nicht mehr."

"Du bist ja geradezu bissig."

"Was, bissig bin ich, bissig?"

"Aber so was von."

"Ich frage mich nur, liegt es nun am Leoparden. Aber wenn ich Dich ansehe wie Du die Schokolade in Dich stopfst, kann es an dem doch wohl nicht liegen."

Neben ihm.
Holte aus, und schlug mit aller Wucht auf den Tisch.

"Zum Donnerwetter noch mal. Sven, setz Dich jetzt einfach normal hin.
Und hoere auf mit diesem Leoparden! Wir muessen alles umstellen, alle Planung fuer die Katz. Man braucht eine Genehmigung und dort eine Modenschau stattfinden zu lassen. Und weil das so ist steckt vielleicht was ganz anderes dahinter.
Weil das so ist habe ich eine andere Lokaischen gefunden."

Sie legte den Plan des Gebaeudes, und die der Raeumlichkeiten hin.

"So, nun muessen wir schauen wie der Ab-
lauf in diesem Raum sein muss, einige-
Nummern muessen wir umstellen. Schau wie
Du das umstellen kannst.
Dann brauche ich Preisbeispiele und genaue Preisbeispiele, und genaue Liefer-
termine fuer Dieses hier. Ach ja, dann
noch was, kannst Du Dein Studium fuer
sagen wir mal, 4 Wochen unterbrechen?

Sven, und nun muss ich gehen. Sollte ich
mich bis Morgennachmittag nicht gemeldet
habe, rufe diese Nr. an. Und noch was,
nimm den Wohnungsschluessel mit, haengt
am Brett."

"Charlotte! Ich mache mir sorgen, das
hoert sich dramatisch an.
Was ist denn nur geschehen?"

"Sven, ich weiss es selbst nicht, wirklich."

Die Tuere viel ins Schloss.

Ueber den Westteil der Stadt.

-Check-

Motor laeuft, satter Ton.
Handy, Freisprechanlage.
Tom Tom, bis Paul Linke Ufer,
Verdeck runter, bis Waschanlage.

Wie boed kann man nur sein im Sommer in solch einer Stadt mit der U-Bahn herumzugondeln. Sie fuhr und fuhr, weit und breit kein Stau. Doch vor der Gedaechtnisskirche wurde der Verkehr dichter und dichter.

An der Ampel, welch ein Wahnsinnstyp neben ihr im Auto, ein Blick in den Rueckspiegel. Sie fuhr zum wichtigsten Ort ihres Leben, und dann so. Welche Frau macht denn so was. Drueckte aufs Gas, noch einige Meter, dort kannte sie eine Parfuemerie. Die Strasse zweispurig fuer PKW, aber es gab noch eine, und zwar fuer Busse, aber das konnte in dem Moment niemand wirklich interessieren, sie benutzte sie.

Das Auto rollte an den Seitenstreifen, die Warnblinkanlage war das letzte was sie noch druecken konnte. Der Kopf lag auf dem Lenkrad, die Arme daneben. Die Traenen rannen, weiterfahren nicht moeglich. Schluchzend auf dem Kurfuersten-Damm.

Wie konnte nur Glueck und Leid so nahe beieinander gelegen haben. Weil aber auch immer der Lippenstift auf der Unterlippe so verschwamm, das war ihr Glueck, das und die Liebe, was hatte sie denn auch erwartet:
Groesse 1,70
Konfektion 36
sportlich
langes braunes Haar
stechend blaue Augen.

Einen Pfoertner hatte die Tiefgarage.

"Sind Sie Gast?"

"Nein, aber Gast eines Gastes"

"Name."

" X ."

"Fahren Sie geradeaus, die ganze Reihe koennen Sie benutzen."

Kein Auto stand da, eine Stahltuere direkt daneben. Zwei Fahrstuehle gab es, einen kleinen, einen grossen daneben. Auf alle Knoepfe drueckte sie. Im Grossen, gings zur Halle, der andere in die Etagen direkt. Nicht weit von der Mauer stand sie, an diese liess sie sich leicht fallen. Die Haende am Ruecken gekreuzt.

"Nein!!"

Was sollte sie denn jetzt nur tun, was denn jetzt!
Die Gedanken rasten im Kopf umher, es war gerade so, als wuerde im Moment ihr Leben an ihr vorbeihuschen. An Leute er-

innerte sie sich ploetzlich, es war ge-
radeso, als wuerden sich tausende von
Schubladen oeffnen. Dann eine Vollbrem-
sung im Gehirn.
Friedrich stand nicht auf dem Blatt an
das sie sich erinnerte, aber Karl stand
darauf.
Die Haende kalt.
Zum Auto zurueck, setzte sich hinein,
schloss das Verdeck.
Den kleinen Aufzug, mit ihm nach oben.
Sie, genau wie er, sollten zu den soge-
nannten Hotelleichen werde.

Als sei die Hand ein Kamm, strich sie
durch`s Haar.

Klopfte.

"Das war ja wohl die laengste Anreise,
6 Jahre."

"Aber das schnellste Tueroeffnen aller
Zeiten."

Nahm sie in die Arme und Kuesste sie.

Es waren Petunien mit denen die kleine Terasse am Wohnzimmer der Suite bepflanzt war. Wenn man ihre Blueten anfasst, so kleben sie. Der Lichtstrahl der Leuchtreklame trafen ein paar von ihnen. Noch gestern sass sie zu dieser Zeit schon am Schreibtisch.
Heute schluepfte sie zurueck ins warme Bett, schmiegte sich an ihn.

6.Kapitel

Herrlich diese Geschaeftigkeit
im Fruehstuecksraum. Ein hoch gestecktes Blunenarangement aus Sonnenblumen stand mitten im Raum auf einem runden Tisch, daneben die Tagespresse. An den verschiedenen Stationen standen Koeche mit hohen Muetzen, sogar Spiegeleier wurden frisch an einer Bratstation zubereitet. Schade, das Charlotte am Morgen immer so wenig Hunger hatte.

"Carl! Hoer mal.
Fruehstueck ist eigentlich nicht so mein Ding.
Ich habe so viel zu tun, waehre es ok.

wenn wir uns heute Abend treffen."

"Klar."

"Ich melde mich."

Zu einem der Koeche hinueber.

"Sagen sie, gibt es hier auch Lunch?"

"Ja."

Scheisse, die machen doch garantiert die Riesentueren da drueben auf und laufen da rum.
Oh nein!

Zum Loft muss sie nicht, alles konnte von hier aus erledigt werden. Das Auto war gut geparkt.
Charlottes Lokaltermine: Ku-Damm und Umgebung. Die selbe Strasse wie vorgestern entlang zum Bahnhof.

"Sven!, hallo Charlotte hier, hoer mal. Wie muss man fahren, wenn man von hier aus in den aeusersten Zipfel von Frankreich fuehre.
Ach, und Sven, umstellen muessen wir nicht, waehre es ok. fuer dich wenn

wir uns am Nachmittag unten an den Liegestuehlen traefen?"

"Erstens, Charlotte, eins nach dem ande-
ren.
Zweitens, weisst du eigetlich welche
Sorgen ich mir gemacht habe?"

"Warum denn Sorgen?!"

"Orginalton Charlotte:
Ich muss getzt gehen, wenn ich mich bis
Morgennachmittag nicht gemeldet habe,
rufe diese Nr. an!
Na was denkt man denn da, die Augen ver-
weint."

"Sven!, wohl bischen zu viel im Zoo Pa-
last gewesen, was?!"

"Den letzten Satz will ich ueberhaupt
nicht wiederholen."

"Jetzt hoer aber auf!"

"Welchen Zipfel von Frankreich meinst du
denn? Gibts da ueberhaupt Zipfel?
Und wenn, welchen!"

"Wo bist du gerade Sven?"

"Richtung Uni."

"Ach lass mal, wir sehe uns heute Nachmittag.
Hast du den Schluessel vom Loft mitge-

nommen?"

"Ja."

"Behalt ihn."

Sven konnte einfach super mit diesen Touch Screen Handys umgehen. Sie nicht,immer drueckte sie zu stark auf das Display. Beim scrollen zu viel Schwung immer landete sie da wo sie gar nicht hin wollte.
Am Taxistand vorbei eine kleine Gruenflaeche, rechts der Zoo. Doch gaebe es eine Verbindung zwischen Zoo und Stadtcentrum zurueck? Die Strecken zu Fuss in einer Grossstadt sind nicht zu unterschaetzen, die Zeit verflog.
Lunch, nein, zurueck ins Loft?, zu zeiintensiv. Ein Lokal fuer heute Abend muesse sie suchen. An sich ja kein Problem, aber die Klamotten, die von gestern waren es noch. Ganz und gar nicht fuer den Abend geeignet. Es sei denn man naehme den Regenmantel im Auto, er hat zwei Seiten, die blaue glaenzend, die kariete matt.
Das Tuch etwas kunstvoll gebunden, die Dame traegt Abends Mantel oder Plait.

Betritt man das Lokal dann vor 20.00 Uhr geht das, sie schaute auf die Uhr, das wird knapp.
Eine stark befahrene Strasse entlang, ein Lokal. Zwei viereckige kleine Ti-

schedavor, ein Blick hinein.
Oh!, alles weiss gedeckt, das geht
nicht.
Weiter, ein Platz, viele Lokale, direkt
an der S-Bahn. Schaute hinein, rechts
eine Bar, links eine Stufe, dort standen
mehrere Tische, auch weiss gedeckt, aber
das ging. Auf 19.00 Uhr reservierte sie.

U-Bahn, S-Bahn, U-Bahn, oder doch lieber
S-Bahn!, U-Bahn, bis Friedrichstrasse.
Da kannte sie sich aus, es war noch Zeit
bis Sven kam.
Eine Cola bis oben hin mit Eis.

"Ich habe am X fuer den Mittag ihre
Halle gemietet.
Eine Frage, koennte man das auch viel-
leicht etwas nach hinten verschieben.
Also sagen wir mal so 15.00 Uhr - 19.00
Uhr, also bis wir weg sind etwa 20.00
Uhr.

"Moment."

"Ja, das geht, sonst bleibt alles
gleich?"

"Ja."

"Auf Wiederhoeren."

"Auf Wiederhoeren."

So schoen waere das hier gewesen, aber,
na dann eben nicht.

Wie nahe doch immer alles beieinander
liegt, Carl haette sie nicht getroffen.
Er hatte sie geschuetzt, also nicht er
als Person. Ihre Liebe zu ihm das wars,
da waren schon ein paar Prachtexemplare
dabei, wie der vorhin an der Ampel.
Sie sah sie, aber nahm sie nicht wahr.
Kein Abendteuer keine Liesout.
Bruno ja, aber sie hatten sich wieder
getrennt.
Nicht auszudenken, welch ein Unglueck es
gewesen waehre, haette sie Carl nicht
geliebt.
Aus weiter Entfernung sah sie Sven. Bezahlte, ging ihm entgegen. Ihre Schritte
schneller und schneller, vollgepackt mit
lauter Papierkram vor der Brust.

"Ist das alles unser Kram?"

"Nein nicht alles."

"Bist Du mit dem Auto da?"

"Ja."

"Lass uns weg von hier, es gefaellt mir
nicht mehr, hab mich zu sehr geaergert."
"Hab mich eh gewundert warum hier, ist
doch sowieso nicht mehr unsere Lokei-
schen."

"Genau, darum fahren wir nun dahin, wo
die Show stattfindet.
Ab, gehn Westen."

Die Ente schnurrte, nichts konnte man
vergleichen mit dem Geraeusch das das
Auto tat.
Charlotte sortierte, am ende waren zwei
Blaetter uebriggeblieben.

Wedelte damit herum.

"Schau Sven, das ist von dem ganzen Sta-
pel uebriggeblieben."

"Zwei Blaetter?"

"Das Angebot ist es, und der Plan beim
geradeaus gehen."

"Charlotte, sag das jetzt nicht, die
ganze Arbeit um sonst!"

"Ja, wer haette denn ahnen koennen, dass
man am ganzen Kanal eine Genehmigung
braucht. Ich habe ja gefragt, in allen
Lokalen darf man das nicht."

"So ne tolle Show waer`s gewesen."

"Sven, nicht traurig sein, die, die
jetzt kommt topt alles.

Hier vorne geradeaus."

"Zum Ku-Damm?"

"Ja, dahin."

"Also da kenn ich mich nicht aus, das ist so gar nicht mein Gebiet."

"Der Ku-Damm, da muessen wir hin."

"Ach so, und dann?"

"Such schon mal einen Parkplatz, da vorne ist eine Lichtreklame, von dort bis zur naechsten Querstrasse ist unsere Partymeile."

"Ach, hier darf man das?"

"Weiss ich nicht, aber das interessiert nicht."

Die Nebenstasse auf und ab, warf Sven nun einen Blick ins Innere.

"Krass."

Seine rechte Hand schuettelte er dabei sehr heftig.

"Ist das ein Hit, oder?"

Am Arm packte sie Sven, zog ihn weiter um die Ecke wieder auf die Hauptstrasse.

"Siehst Du, dort giebt es auch noch einen Ausgang und nur einen Ausgang.
Dort gehen die Maedels geordnet entlang.
Dann, zum Hinterhof, wo der Lieferwagen steht, dann ab zum Bahnhof."

Wieder schuettelte er, aber jetzt beide Arme.

"Was mich bei der Sache aber stoert, ist, dass ich fliegen soll."

"Aber warum denn?"

"Charlotte, fragen kannst Du manchmal stellen, also ganz unmoeglich!"

"Verstehe ich nicht."

"Ich, Sven!, mit so vielen schoenen Frauen im Zug.
Wehm passiert denn das schon."

"Ach soo."

"Und jetzt?"

"Bin ich verabredet, kannst Du mich noch ein Stueck mitnehmen?"

"Klar."

"Warte noch eben, bin gleich da."

Mit dem Mantel ueber dem Arm, dem Tuch das links laessig als Schlupf gebunden war, zur Ente.

"Oh, das ist aber kalt heute, was Charlotte!"

"Mach Du Dich nur lustig, es ist eine in den Abend gehende Verabredung."

"Und da geht man bei 30 Grad mit einem Mantel und einem festgebundenen Schal um den Hals hin?"

"Natuerlich tut man das eigentlich nicht, aber meine Kleidung ist zu sportlich, das giebt dem ganzen einen etwas offiziellen Tatsch."

"Frauen!"

Kopfschuetelnd.

Carl sass mit hochgekraempelten Hemd-
saermeln am Tisch vor dem Lokal, der
Mantel blieb im Auto.
Es tat gut in seinen Armen zu liegen.

Sven fuhr an der Ampel weiter, hatte den
Arm aus dem Dach gestreckt und winkte.
Zuegig gingen beide in`s Lokal, hungrig
war Charlotte, wieder einmal hatte sie
zu essen vergessen. Aus 36 war in den
letzten Wochen bei Kleidern 34 geworden.

Schwer waren die Messer im Griff, der
Kellner servierte die Vorspeise, seine
weisse Schuertze bodenlang.

Es wurde abgetragen.

"Carl! Wann kommst Du fuer gewoehnlich
nach Hause?"

"Ca. 18.30 Uhr."

Lehnte sich dabei etwas mehr ueber den
Tisch, laechelnd.

"Es ist so, dass ich am X , am Nachmittag im Hotel waehre, nein ich bin im Hotel."

"Was denn jetzt, waehrest, oder bist!"

"Bin."

"Na super, dann bin ich auch da."

"Jetzt Carl!, hoer mal auf, das ist wichtig."

Er drehte seinen Kopf, die Backen voller Luft.

"Also das ist so, ich habe eine Modenschau in der Halle des Hotels laufen."

Schallendes Lachen.

"Du!, ne Modenschau!
Du organisierst eine Modenschau."

"Nein eben nicht, es ist ja auch keine Modenschau."

Er hatte den Blick wieder auf ihr, die Backen voller Luft atmete aus.

"Tja, das ist natuerlich immens wichtig, wenn man nicht weiss, was man eigentlich organisiert, oder womoeglich schon hat?"

Fing an zu lachen.

"Carl!!!, bitte!!"

Seine Haende lagen am Hinterkopf, die Augen glasig vor lachen.

"Charlotte, eine Modenschau ist eine Modenschau, und wenn`s was anderes ist, eben keine Modenschau."

"Carl, das zu erklaeren wuerde Stunden dauern."

"Oder Tage oder Wochen.....
Das geht schon gar nicht, und hier schon mal gar nicht.
Mit essen sind wir fertig, erklaere es mir einfach zu Hause."

"Carl, ich bin es nicht gewohnt so viel am Abend zu essen. Ein starkes Voellegefuehl habe ich, ein Eis waere nicht schlecht dagegen."

Er hob den Arm.

"Was fuer Eis, Charlotte!"

"Vanille, 1 Kugel."

"Herr Ober, 1 Kugel Vanilleis bitte."

In kleinen Haeppchen as sie es, und er-
klaerte, und sprach und sprach.

"Carl!, was denkst Du den jetzt, muss
ich da anwesen sein?"

"Nein, das musst Du nicht, wir werden
uns das Spektakel von oben ansehen,
vom Wohnzimmer aus haben wir einen super
Blick darauf."

Petunien schaute Charlotte in dieser
Nacht nicht.

"Carl!!"

"Ja!"

In gewohnter Weise rannte Charlotte wieder umher.

"Ich gehe nicht mit zum Fruehstueck."

"Warum?"

"Kann nicht schon wieder mit den glei-
chen Klamotten da auftauchen."

Lachend.

Die Aktenmappe schwang mit Carl die Tuere hinaus. Blickte noch mal durch die
schon halb geschlossene Tuere.

"Wann ist der Termin noch mal?"

Lachend.

"Ach Carl!"

Schwang den Arm und stampfte auf.

"Bis spaeter!"

"Bis spaeter!"

Am Fenster: Schaute hinunter, die Haende
auf dem Simms gestuetzt. Die Nase be-
ruehrte leicht das Glas.

"Wo er recht hat, hat er recht.
Super Platz."

Sie kannte nur eine Person die passte,
das Modell in 14 Tagen zu tragen. Es
musste ein Gesicht sein, das man kannte.
Eine Person die dem ganzen Drum Rum ge-
recht wurde.
Erfahrung, Reife, Imposanz repraesen-
tiert, natuerlich war es ein Kleid aber
neu eben.

"Charlotte hier, wo bist du?"

"Zu Hause."

"Na dann, hast du einen Moment Zeit?"

"Ja, was ist."

"Koenntest du dir vorstellen ein Kleid,
das eine Weltneuheit ist, und das ich
entworfen habe, bei einer Show, ver-
gleichbar mit einer Modenschau, die es
eigentlich nicht ist vorzufuehren. Also
eher vorzustellen!"

"Erklaere mir das mal etwas genauer."

"Das Kleid wie gesagt habe ich entworfender Schnitt ist geschuetzt. Das Kleid passt fuer fast alle Groessen. Man kann es selbstaendig veraendern, je nach Geschick. Mit wenigen Handgriffen kann es immer veraendert werden. Mit wenigen Accesoires kann man es auch veraendern, dass es fuer verschiedene Tageszeiten passend ist. Weisst du, ich hatte es so satt, diese vollgepackten Koffer immer.

Die Vorfuehrung ist folgendermasen. Studentinnen sind die Modells, sie haben alle moeglichen Kleider an, entweder Kleider oder auch Hosen mit Blusen, alles eben so. Nur sind die Kleider alle weiss. Die sind aber bedruckt mit verschiedenen Kunstwerken bekannter Kuenstler. Arangiert ist das ganze wie eine Modenschau, ich habe auch Bilder gemalt und auch auf Kleider drucken lassen.
Die Vorstellung geht so:
Die Kunstwerke, also auf den Kleidern der Modells, kommen in den Raum. Dann kommst du, du traegst nun die Weltneuheit.
Das Kleid hat ganz weitgeschnittene Aermel, mit ausgebreiteten Armen laeufst du hinter den Maedels in einem gewissen Abstand. Dann kommen wieder Maedels, die haben nun auch wieder weisse Kleider am. Doch diese sind mit meinen Bilder bedruckt. Und die erzaehlen eine Geschich-

te. Ein paar geradeaus, dann eben so wie die Geschichte verlaeuft.
Ja, also so laeuft das ab, weil es ja auch Kunst ist, wie man das Kleid dann traegt.

"Charlotte das mach ich."

"Ja!, toll!, die Einzelheiten mit Terminen und so teile ich dir dann mit. Also in 14 Tagen findet es statt. Eine Zeichnung vom Kleid schicke ich mit. Ein Bild gibt es leider noch nicht."

"Ja super, wir hoeren von einander."

"Ja, tun wir, tschuess."

Perfect, ihr Gesicht kannte man aus Film und Fernsehen, eine Schoenheit. Heute eine schoene reife Frau.
Ihr halbes Leben kannte sie Charlotte, welch ein Spass wuerde es werden, sie wiederzusehen.

Das Handy in die Halterung, das Dach offen.
Ganz schoen weit bis hier raus. Natuerlich ging es mit der U-Bahn schneller, aber schoen war es nicht. Auf die Hausfront ging sie zu, manche Leute haben Netze an den Balkons gespannt.
Oben, ging das nicht, das eine Teil des

Daches war dort zurueckgesetzt. Haette
man ein Netz gespannt so waere ein gros-
ser Teil des Balkons nicht zu nutzen gewesen, nicht steil genug.

Welch ein super Wetter es war, solch
gute Laune, am liebsten waere sie gleich
losgefahren. Frueher haette sie das getan. Aber nun nicht mehr, vier Tage bis
Abreise, jeden will sie mit Carl ver-
bringen.
Am Abend war der Urzustand des Loft wieder hergestellt. Den Rest kann Sven ab-
holen.
Den Schluessel wieder zurueck zum Haus-
meister. Charlottes Zeit in Berlin ging
zu ende, schade eigentlich, jetzt erst
bemerkt wie huebsch die Stadt doch war.
Die verschiedenen Stadtteile so unter-
schiedlich, nicht von der Architektur,
die Menschen in ihnen so verschieden.
Das wuerde sie mit Carl noch geniessen,
bevor sie abreist.

7.Kapitel

Charlottes Kopf zwischen Carls Armen, er streckt sie aus. Sein Kopf dicht an Charlottes.

"Wie kann man das Fenster denn oeffnen."

"Die kann man nicht oeffnen."

"Carl!, siehst Du den jungen Mann mit den langen blonden lockigen Haaren?"

"Ja."

"Das ist Sven, das nuss ja die halbe Uni sein, die da steht.
Herrlich Sven, einfach herrlich!"

Fehlt nur noch, dass sie Raetschen schwangen. Ein Spektakel, unglaublich.

"Carl, schau jetzt kommen die Maedels."

"Das sind aber keine Modells."

"Aber nein!
Maedels aus der Uni, Studentinnen.
Perfect, perfect einfach perfect, wie
sie das koennen."

Sie drehte sich zu Carl.

"Ist das nicht perfect mit den kleinen
Schritten, mit den Armen rudernd!
Carl!, ich renn doch mal eben runter!"

"Bis Du da unten bist, sind sie schon
weg."

"Stimmt."

Wieder am Fenster:
Sie stiegen ein, winkten, fuhren los.

"Carl!!, war das nicht wunderbar, einfach toll."

Ihre rechte Hand lag in der linken Hand.
Ihr Blick leicht nach oben gerichtet.

"Aber ja Charlotte, einfach toll wunderbar, es ist mir nur nicht richtig klar,
was daran jetzt so ausergewoehnlich
war."

"Na, weil so viele Leute das gesehen haben, die Leute blieben stehen, sie
schauten.
Carl, das ganze hat eine Vorgeschichte,
darum haette die Erklaerung ja Stunden
gedauert. Du kannst das natuerlich jetzt
nicht verstehen, weswegen ich mich so
freue."

"Nein, kann ich auch nicht."

"Genau das gleiche werde ich wiederholen, genau so muss es sein, und zwar
ganz weit weg von hier. In einem anderen
Land."

Die Show auch hier zu Ende.

8.Kapitel

Windig war es.
Die lose, trockene Erde wirbelte auf.
Hinab den Felsen, ins Meer flog sie.

Die Kleider wehten zu stark, an Fotos
nicht zu denken.
Das Kleid, nein, der Entwurf hatte sie
bekannt gemacht.
Die Schow fand trotzdem statt. Die Blu-
menstreusse auf den Tischen in weissen
Kugelvasen. - Mode muss tragbar sein -.

Kurz vor dem Gebaeude, ein Mann.

"Wo sind sie eigentlich geboren?"

Charlotte drehte sich zu Carl, ihre
Mundwinkel nach unten gezogen, die Augen
weit aufgerissen, den Kopf leicht nach
unten und nach vorne.

Carls Arm lag angewinkelt um Charlottes
Nacken.

"Steht auf der Einladung."

Mit einer gewissen Arroganz sagte er es.

"Siehst Du Carl, so schnell kann etwas
beantwortet werden.
Stunden nicht mehr noetig."

Beide leise lachend.

9.Kapitel

Sie liebte diese taeglichen Einkaeufe,
die Dorfstrasse entlang. Ihre Ein-
kaufstasche orange, grosse Griffloecher,
in die sie immer wieder Griff.
Den Limburger Kaese in der Hand, der Zi-
tronenkuchen in der Tasche, in die sie
immer wieder griff.

Das Auto in der Einfahrt,
die Schritte schneller, hinauf. Die Kom-

mode wo das Bett, ging sie ihr entgegen.
So viel Spass hatten sie in Frankreich,
wie sie sich freute sie hier zu haben.
Carl auf dem Weg hinueber zur Fabrik,
die Zeit der Kleider war vorbei. Charlottes Bilder wurden jetzt auf Porzellan
gepraegt, die Kunst gab ihr alle Frei-
heit. Die beiden riefen Carl zu.

"Die Mode muss tragbar sein!"

Er zurueck.

"Und Porzellan brauchbar!"

"Genau."

"Genau."

"Porzellan brauchbar!"

"Charlotte, wie gut, dass Du in Florenz
warst."

"Wie gut, dass ich in dem Haus war, ich
weiss jetzt auch wer in dem Haus wohnte.
Eine Frau der Familie Medici."